Œuvres & thèmes

Collection dirigée par Hélène Potelet et Georges Décote

Poèmes (3e)

Poésie et engagement

classiques Hatier

Groupement de textes

Un genre

La poésie

Paris 2008
ISBN : 978-2-218-93280-9

Notes et dossiers par
Marie-Françoise Laporte Bénichou,
agrégée de Lettres modernes

Hatier

Sommaire

Les mots suivis d'une * renvoient aux définitions clés (p. 43 à 45).

INTRODUCTION

Poésie et engagement

« Jusqu'à lui le vent dans les feuillages était sans voix, la mer lissait ses vagues dans le plus grand silence, la pluie tombait sans murmure sur les toits et on parlait beaucoup du mutisme des torrents et des cascades. La nature attendait son premier poète. »

Jules Supervielle

Le rôle du poète

■ Il vint, le premier poète, fils de Calliope et d'un fleuve. Il tenait dans sa main une lyre et se nommait **Orphée**. Lorsqu'il composait ses vers, les animaux sauvages, les arbres venaient l'écouter, jusqu'aux montagnes, dit-on, qui s'arrachaient de la terre, tant le charme de sa poésie était puissant. Le verbe du porteur de lyre était **magie autant que poésie**, il mettait en mouvement la nature et l'Univers entier.

■ Tout poète est un avatar d'Orphée, il chante et enchante aux confins du familier et du mystère, car le langage poétique a hérité du charme orphique.
Ce mystère tient au fait que, en poésie, **la langue n'est plus seulement un outil de communication, elle est matière artistique et matière en mouvement** : à travers des rythmes, des sonorités, la fulgurance des images et des jeux polysémiques, la langue poétique crée du beau, et, en quête de perfection, cherche à « donner un sens plus pur aux mots de la tribu », selon l'expression de Stéphane Mallarmé, poète du XIXe siècle.

■ Mais la poésie est aussi **le lieu où se dit l'humaine vérité**, que celle-ci soit passion, douleur ou révolte. Le poète peut exprimer ses sentiments personnels : il chante les accents douloureux ou joyeux, nostalgiques ou passionnés de ses errances affectives, de ses doutes, de ses amours et de ses bonheurs. Cette écriture personnelle, parfois narcissique, prend le nom de lyrisme. Conscient qu'il a un rôle à jouer dans la société, le poète peut aussi choisir de **mettre son écriture au service d'une cause**, se faisant l'écho des doléances ou des revendications sociales et politiques de ses semblables. **Le poète, témoin et citoyen à la fois, dénonce les abus, les exactions ou milite pour un monde meilleur** : il s'engage et prend position par son écriture. On parle alors de **poésie engagée**.

La guerre

■ Parmi les épreuves qu'il est donné à l'homme de traverser, depuis toujours, il y a la guerre avec son cortège de larmes, d'angoisses, de refus mais aussi de courage, d'amitié et d'espoir.

POÈMES (3e)

Poésie et engagement

« Nuit partout
Le monde est plein d'ombres qui marchent… »

René-Guy Cadou

Pablo Picasso (1881-1973), *Guernica* (1937), huile sur toile, 3,49 x 7,77 m, Madrid, Museo Nacional Reina Sofia.

Victor HUGO

L'expiation

Il neigeait. On était vaincu par sa conquête.
Pour la première fois l'aigle baissait la tête.
Sombres jours ! l'empereur revenait lentement,
Laissant derrière lui brûler Moscou fumant.
Il neigeait. L'âpre hiver fondait en avalanche.
Après la plaine blanche une autre plaine blanche.
On ne connaissait plus les chefs ni le drapeau.
Hier la grande armée, et maintenant troupeau.
On ne distinguait plus les ailes ni le centre.
Il neigeait. Les blessés s'abritaient dans le ventre
Des chevaux morts ; au seuil des bivouacs désolés
On voyait des clairons à leur poste gelés,
Restés debout, en selle et muets, blancs de givre,
Collant leur bouche en pierre aux trompettes de cuivre.
Boulets, mitraille, obus, mêlés aux flocons blancs,
Pleuvaient ; les grenadiers, surpris d'être tremblants,
Marchaient pensifs, la glace à leur moustache grise.
Il neigeait, il neigeait toujours ! La froide bise
Sifflait ; sur le verglas, dans des lieux inconnus,
On n'avait pas de pain et l'on allait pieds nus.
Ce n'étaient plus des cœurs vivants, des gens de guerre :
C'était un rêve errant dans la brume, un mystère,
Une procession d'ombres sous le ciel noir.
La solitude vaste, épouvantable à voir,
Partout apparaissait, muette vengeresse.

Le ciel faisait sans bruit avec la neige épaisse
Pour cette immense armée un immense linceul.
Et chacun se sentant mourir, on était seul.

Victor HUGO, *Les Châtiments* (1852), V, XIII.

Théodore Géricault (1791-1824), *Le Retour de Russie*, aquarelle sur papier, Rouen, Musée des Beaux-Arts.

Étudier l'œuvre

Victor HUGO (1802-1885)

Chef de file du romantisme, Victor Hugo écrit des poèmes, des romans, des pièces de théâtre. *Les Châtiments*, violente diatribe contre Napoléon III, ont été composés en exil, à Jersey.
Dans « L'expiation », Hugo chante les exploits des troupes de Napoléon 1er, tout en imaginant que ce dernier devait un jour expier le crime politique qui le porta au pouvoir lors du coup d'État du 18 Brumaire. La retraite de Russie constitue l'une de ces épreuves.

Analyser le texte

Repérer et comprendre

La mise en espace

1 Quel est le mètre utilisé ? Quelle est la disposition des rimes ?

La situation d'énonciation

2 Définissez la situation d'énonciation : qui désigne le pronom « on » dans l'extrait ? Quelles sont les circonstances historiques ? Aidez-vous du paratexte.

Le langage poétique

3 **a.** Quel est l'effet produit par la répétition anaphorique* de « Il neigeait » ? Relevez le champ lexical de l'hiver.
b. Relevez les indications spatiales qui permettent de situer le lieu de l'action. Relevez toutes les notations visuelles, tactiles et auditives. Quel est l'effet produit ?
c. « Après la plaine blanche une autre plaine blanche » (v. 6). Quel est l'effet produit par le rythme et par le changement de déterminant ?

4 Relevez les trois termes successifs (noms et pronom) qui désignent Napoléon. Quelle progression constatez-vous ?

5 Quelles oppositions structurent l'extrait ? Pour répondre :
a. Analysez les antithèses* du vers 8 et dites quel est l'effet produit par l'absence de déterminant devant le mot « troupeau ».

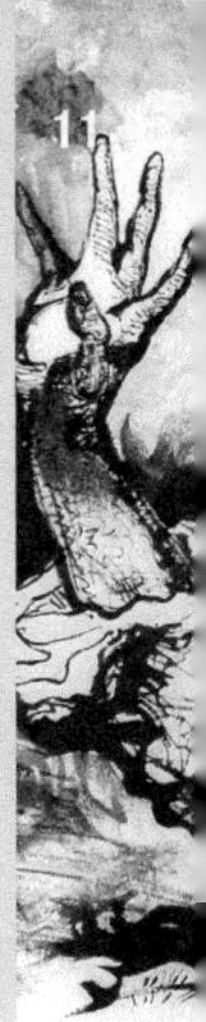

b. Relevez dans l'ensemble de l'extrait les mots et expressions qui désignent les soldats et analysez la progression des termes.
c. Relevez les tournures négatives (v. 7-21).
d. Quel est l'état d'âme des soldats ?
e. Qu'en concluez-vous sur le sort de la grande armée ?

6 En quoi cet extrait revêt-il une tonalité épique* ? Pour répondre, montrez quelles sont les forces en présence, appuyez-vous sur les figures de style, sur le rythme (par exemple, les mots mis en valeur par les enjambements…), et sur l'étude de quelques sonorités.

La visée

7 Quelle est la visée* de cet extrait ? En quoi le vers 1 éclaire-t-il le sens du poème ?

Pour aller plus loin

Écrire

8 Un officier de l'armée de Napoléon tient un journal intime. Écrivez quelques pages de ce journal, dans lesquelles vous évoquerez un moment de la retraite de Russie. Vous vous inspirerez du poème.

Enquêter

9 Faites une recherche sur la retraite de Russie. Retrouvez dans le poème des éléments de la réalité historique.

Se documenter

La retraite de Russie

Le 24 juin 1812, la grande armée napoléonienne attaque la Russie ; elle occupe Moscou le 14 septembre. Après l'incendie de la ville, Napoléon doit faire face à la résistance patriotique et surtout au terrible hiver russe. Il est amené à ordonner à son armée la retraite qui fut terrible et meurtrière.

VICTOR HUGO

L'Enfant

O horror ! horror ! horror!
Shakespeare, *Macbeth*.

Les Turcs ont passé là. Tout est ruine et deuil.
Chio, l'île des vins, n'est plus qu'un sombre écueil,
Chio, qu'ombrageaient les charmilles,
Chio, qui dans les flots reflétait ses grands bois,
Ses coteaux, ses palais, et le soir quelquefois
Un chœur dansant de jeunes filles.

Tout est désert. Mais non ; seul près des murs noircis,
Un enfant aux yeux bleus, un enfant grec, assis,
Courbait sa tête humiliée.
Il avait pour asile, il avait pour appui
Une blanche aubépine, une fleur, comme lui
Dans le grand ravage oubliée.

Ah ! pauvre enfant, pieds nus sur les rocs anguleux !
Hélas ! pour essuyer les pleurs de tes yeux bleus
Comme le ciel et comme l'onde,
Pour que dans leur azur, de larmes orageux,
Passe le vif éclair de la joie et des jeux,
Pour relever ta tête blonde,

Que veux-tu ? Bel enfant, que te faut-il donner
Pour rattacher gaîment et gaîment ramener
En boucles sur ta blanche épaule
Ces cheveux, qui du fer n'ont pas subi l'affront,
Et qui pleurent épars autour de ton beau front,
Comme les feuilles sur le saule ?

Qui pourrait dissiper tes chagrins nébuleux ?
Est-ce d'avoir ce lys, bleu comme tes yeux bleus,
Qui d'Iran borde le puits sombre ?
Ou le fruit du tuba, de cet arbre si grand,
Qu'un cheval au galop met, toujours en courant,
Cent ans à sortir de son ombre ?

Veux-tu, pour me sourire, un bel oiseau des bois,
Qui charme avec un chant plus doux que le hautbois,
Plus éclatant que les cymbales ?
Que veux-tu ? fleur, beau fruit, ou l'oiseau merveilleux ?
– Ami, dit l'enfant grec, dit l'enfant aux yeux bleus,
Je veux de la poudre et des balles.

Victor HUGO, *Les Orientales*, XVIII (1828).

Étudier l'œuvre

Victor HUGO (1802-1885)

Le recueil des *Orientales,* composé de 41 poèmes, date de 1828 et se trouve fortement empreint du philhellénisme de l'époque. À travers la multiplicité des sujets abordés dans ces poèmes et la diversité des tonalités (guerrière, épique, érotique...), Victor Hugo revendique la liberté dans l'art.

Analyser le texte

Repérer et comprendre

La situation d'énonciation

1 Définissez la situation d'énonciation :
a. Citez les pronoms personnels qui désignent l'enfant. Quel est l'effet produit ?
b. Quel pronom personnel désigne le poète ? À quel vers apparaît-il ?
c. Quel est le contexte historique ? Aidez-vous du paratexte.

2 Lisez la citation en exergue. Quel ton confère-t-elle d'emblée au poème ?

Le langage poétique

3 **a.** Relevez les oppositions qui structurent le poème. Appuyez-vous sur les champs lexicaux, sur les temps des verbes.
b. Quelles sont les différentes couleurs associées à l'enfant ?

4 Relevez les interjections des vers 13 et 14, puis identifiez le type de phrases dominant dans les strophes 3 à 5. Quel est l'effet produit ?

La visée

5 Quels sont les différents dons proposés à l'enfant ? Quels sont leurs traits communs ? Que symbolisent-ils ?

6 **a.** Quel effet produit la réponse de l'enfant ? Quel double visage de l'enfance est évoqué ?
b. Quelles sont les différentes visées du poème ?

Pour aller plus loin

Analyser une image

Les Massacres de Chio, Eugène Delacroix

Eugène Delacroix (1798-1863), *Scènes des massacres de Chio*, familles grecques attendant la mort ou l'esclavage (1824), huile sur toile, 4,19 x 3,54 m, Paris. Musée du Louvre.

7 Décrivez ce que vous voyez à l'arrière-plan du tableau. Reprenez les mots du poème de Victor Hugo.

8 Décrivez les personnages que vous voyez au premier plan du tableau. Quel(s) sentiment(s) traduisent leurs différentes attitudes ?

9 Quels éléments opposent le cavalier, situé à la droite du tableau, aux personnages du premier plan ? Qu'en déduisez-vous sur leurs rapports ?

Se documenter

Le massacre de Chio

Dès la fin du XVIIIe siècle se développa en Grèce un mouvement national de libération contre l'empire turc. Ce mouvement aboutit en 1822 à la proclamation de l'indépendance de la Grèce. Les armées turco-égyptiennes intervinrent alors pour rétablir la domination turque. Après le massacre des habitants de la ville de Chio, les Turcs reprirent Athènes.

Écrire

10 En vous inspirant du poème de Victor Hugo et du tableau de Delacroix, rédigez un article de presse dans lequel vous présenterez les conséquences tragiques du conflit gréco-turc à Chio tout en développant une critique de cette guerre. Pensez à introduire des connecteurs logiques, jouez sur la ponctuation, utilisez des procédés pour convaincre : mise en valeur de certaines expressions, prise à témoin du destinataire. Par exemple : « Imaginez… », « Voyez… ».

Guillaume APOLLINAIRE

La colombe poignardée et le jet d'eau

Douces figures poignardées Chères lèvres fleuries
MIA MAREYE
YETTE LORIE
ANNIE et toi MARIE
où êtes-
vous ô
jeunes filles
MAIS
près d'un
jet d'eau qui
pleure et qui prie
cette colombe s'extasie

Tous les souvenirs de naguère
O mes amis partis en guerre
Jaillissent vers le firmament
Et vos regards en l'eau dormant
Meurent mélancoliquement
Où sont-ils Braque et Max Jacob
Derain aux yeux gris comme l'aube
Où sont Raynal Billy Dalize
Dont les noms se mélancolisent
Comme des pas dans une église
Où est Cremnitz qui s'engagea
Peut-être sont-ils morts déjà
De souvenirs mon âme est pleine
Le jet d'eau pleure sur ma peine

CEUX QUI SONT PARTIS A LA GUERRE AU NORD SE BATTENT MAINTENANT
Le soir tombe O sanglante mer
Jardins où saigne abondamment le laurier rose fleur guerrière

Guillaume APOLLINAIRE, *Calligrammes* (1918), éd. Gallimard.

Étudier l'œuvre

Guillaume APOLLINAIRE (1880-1918)

À la fois poète et critique d'art, Guillaume Apollinaire contribue au succès des peintres cubistes. Il renouvelle les thèmes et les formes poétiques, inaugurant la modernité : poésie du décor urbain, jeu sur la mise en espace du poème, suppression de la ponctuation. En même temps, sa poésie rejoint la tradition lyrique : elle chante l'amour, la fuite du temps.

Analyser le texte

Repérer et comprendre

Une forme particulière : le calligramme*

1 Sous quelle forme se présente ce poème ?

2 Identifiez tous les éléments qui composent ce calligramme. Quels rapports ont-ils avec le titre du poème ?

3 Dans quel ordre se fait selon vous la lecture ?

4 Relevez les mots qui riment.

Le langage poétique

5 ***La colombe***

a. Relevez les mots écrits en majuscules. Qui désignent-ils ?

b. Relevez et analysez les métonymies* qui figurent sur chacune des ailes.

c. À quelle place se trouve l'expression « et toi » ? Quel est ici l'effet produit ?

d. « Cette colombe s'extasie » : quels sont les sens du verbe « s'extasier » ? Aidez-vous du dictionnaire.

6 ***Le jet d'eau***

a. Relevez les noms propres. Qui sont Braque, Max Jacob, Derain ?

b. Relevez les mots comportant des assonances* en [i], des voyelles nasalisées, des allitérations* en [m], [p], [g]. Quel est l'effet produit ?

7 Quelles sont les oppositions qui structurent ce calligramme ? Pour répondre :

a. Appuyez-vous sur les champs lexicaux et sur les deux adverbes de temps « naguère » et « maintenant ».

b. Analysez la figure de style « fleur guerrière ».

8 Quel est l'effet produit par le signe de ponctuation qui figure au centre du calligramme ?

9 Que peuvent symboliser* la colombe et le jet d'eau ?

Pour aller plus loin

Écrire

Écrire un calligramme

10 Choisissez un objet autour du thème de la guerre (un fusil, un casque, une grenade…). Écrivez un texte poétique sur cet objet choisi, avec des rimes en fin de vers, des assonances et des allitérations. Puis, réécrivez ce texte sous la forme de l'objet choisi, en mettant en valeur le ou les mots qui vous semblent importants (cela peut être une seule lettre).

Paul VALET

Extermination

C'était au mois d'août rutilant
Beau temps pour partir en vacances

Nous étions là tous les trois
Notre gosse ma femme et moi

Le soleil grillait dans son plomb
La rue coulait dans son étuve

Quand ils étaient venus nous prendre
Le gosse jouait au cerceau

Au lieu de pleurer notre enfant
Nous l'avons fait rire aux éclats

Au lieu d'ouvrir notre terreur
Nous avons fermé nos visages

Au lieu de prendre le poison
Nous nous sommes pris par les mains

Pour être ensemble malgré tout
Pour être ensemble jusqu'au bout

Paul VALET, *Sans muselière* (1949),
éd. Guy Lévis Mano (droits réservés).

Pablo Picasso (1881-1973), étude pour « La Guerre et la Paix », (1952), plume, encre de Chine et papier calque, 20 X 26 cm, Paris, Musée Picasso.

Étudier l'œuvre

Paul VALET (1905-1987)

Poète rebelle et solitaire, Paul Valet est l'inventeur du poème « coup de poing », dont la brièveté, la force et l'amertume traduisent l'indignation.

Analyser le texte

Repérer et comprendre

La mise en espace

1 Quelles remarques faites-vous sur la mise en espace ?

2 Définissez la situation d'énonciation. Quel est le niveau de langage dans les vers 1 à 8 ?

Le langage poétique

3 Sur quelles oppositions est construit le poème ? Appuyez-vous sur le lexique, le niveau de langage, les jeux sur les mots (jeu sur les sens propres et les sens figurés, jeu sur les expressions métaphoriques devenues des lieux communs), le rythme.

4 Relevez le lexique de la chaleur. Cette chaleur n'est-elle que celle de l'été ?

5 Qui est désigné par le pronom personnel « ils » ?

La visée

6 Quelle est l'issue du voyage ? Quels sont les vers qui montrent que les parents connaissent cette issue ? Quelle est leur réaction face à l'angoisse et à la barbarie ?

7 Quelle est la tonalité du poème ? Quelle est sa visée ?

Jacques PRÉVERT

Barbara

Rappelle-toi Barbara
Il pleuvait sans cesse sur Brest ce jour-là
Et tu marchais souriante
Épanouie ravie ruisselante
Sous la pluie
Rappelle-toi Barbara
Il pleuvait sans cesse sur Brest
Et je t'ai croisée rue de Siam
Tu souriais
Et moi je souriais de même
Rappelle-toi Barbara
Toi que je ne connaissais pas
Toi qui ne me connaissais pas
Rappelle-toi
Rappelle-toi quand même ce jour-là
N'oublie pas
Un homme sous un porche s'abritait
Et il a crié ton nom
Barbara
Et tu as couru vers lui sous la pluie
Ruisselante ravie épanouie
Et tu t'es jetée dans ses bras
Rappelle-toi cela Barbara
Et ne m'en veux pas si je te tutoie
Je dis tu à tous ceux que j'aime
Même si je ne les ai vus qu'une seule fois
Je dis tu à tous ceux qui s'aiment
Même si je ne les connais pas

Rappelle-toi Barbara
N'oublie pas
Cette pluie sage et heureuse
Sur ton visage heureux
Sur cette ville heureuse
Cette pluie sur la mer
Sur l'arsenal
Sur le bateau d'Ouessant
Oh Barbara
Quelle connerie la guerre
Qu'es-tu devenue maintenant
Sous cette pluie de fer
De feu d'acier de sang
Et celui qui te serrait dans ses bras
Amoureusement
Est-il mort disparu ou bien encore vivant
Oh Barbara
Il pleut sans cesse sur Brest
Comme il pleuvait avant
Mais ce n'est plus pareil et tout est abîmé
C'est une pluie de deuil terrible et désolée
Ce n'est même plus l'orage
De fer d'acier de sang
Tout simplement des nuages
Qui crèvent comme des chiens
Des chiens qui disparaissent
Au fil de l'eau sur Brest
Et vont pourrir au loin
Au loin très loin de Brest
Dont il ne reste rien.

Jacques PRÉVERT, *Paroles* (1945), éd. Gallimard.

Tore Yngve Johnson (1928-1979), sans titre (vers 1949), photographie, 31 X 24 cm, Paris, Musée national d'Art moderne, Centre Georges Pompidou.

Étudier l'œuvre

Jacques PRÉVERT (1900-1977)

Parolier et scénariste, Jacques Prévert est le poète du quotidien. Il chante l'enfance, l'amour et les hommes.

Analyser le texte

Repérer et comprendre

La mise en espace

1 Le poème comporte-t-il des strophes ? Que remarquez-vous au sujet des mètres utilisés ?

2 Quelle remarque faites-vous sur la ponctuation ?

La situation d'énonciation

3 Qui désignent les pronoms « je » (v. 10), « tu » (v. 9), « il » (v. 18) ?

4 Qui prononce le prénom de Barbara aux vers 1, 19, 37 et 45 ? Sur quel ton ?

5 **a.** Quel est le niveau de langage du vers 38 ? Quel est l'effet produit ?

b. Donnez un synonyme du mot « connerie » dans un autre niveau de langage.

Le langage poétique

6 Relevez les notations de lieu qui forment le décor de cette histoire.

7 Quels personnages vivent une histoire d'amour ?

8 Relevez les mots et les expressions qui traduisent l'état d'âme de Barbara. Quelle est la valeur de l'imparfait « tu souriais » (v. 9) ?

9 **a.** Le poème peut se diviser en deux parties. Délimitez-les en vous aidant des temps des verbes et des indications temporelles. Donnez-leur un titre.

b. Repérez les répétitions et les anaphores* qui rythment le poème.

10 Qu'est-ce qu'un « arsenal » (v. 35) ? Relevez les autres mots et expressions appartenant au champ lexical de la guerre.
11 **a.** Que désigne « cette pluie de fer / De feu d'acier de sang » (v. 40-41) ? À quelle autre pluie s'oppose-t-elle ? Quelle est la troisième image de la pluie présente dans le poème ?
b. Relevez les allitérations dans les vers 40-41. Quel est l'effet produit ?
12 **a.** Quelles sont les conséquences de la guerre sur ceux qui s'aiment ? sur le paysage ? Citez le texte.
b. Quels sont les deux sens possibles du verbe « crèvent » (v. 53) ?
13 À quel mot « Barbara » vous fait-il penser ? Proposez un autre titre.

La visée

14 Quelle est la position du poète par rapport à la guerre ?
15 Pourquoi le vers « Rappelle-toi Barbara » revient-il si souvent dans le poème ? Quelle est la visée du poème ?

Pour aller plus loin

Écrire

16 Réecrivez les vers 17 à 44 en rétablissant la ponctuation qui vous semble convenir.
17 Écrivez un poème construit à partir de l'anaphore « Rappelle-toi ».

René-Guy CADOU

Europe

Nuit partout
Le monde est plein d'ombres qui marchent
Sang noir coquelicot ruisselez sur les marches[1]
Un cadavre inconnu empoisonne les blés

Il y a des femmes qui pleurent
Un vieux casque rouillé où sont poussées des fleurs
Les odeurs de la terre
L'œil brillant d'un fusil sous les cils de bruyères
Et la main qui retient les paupières du feu

Les uns forcent les neiges
D'autres ont pris la mer au sortir du collège
Quelques-uns crucifiés saignent dans les haubans
Dieu a quitté la cène
On manque de pain blanc

Ah dormir dans les branches
Mais le ciel à son tour livre ses avalanches
Salut les passereaux
L' écolier dévidait son cœur sous son sarrau

Garde ton beau visage
Le dernier coup de feu sauve le paysage
Et ton bras se soumet aux amis de passage.

René-Guy CADOU, *La Vie rêvée* (1944), éd. Seghers.

1. Région frontière d'un État.

Étudier l'œuvre

René-Guy CADOU (1920-1951)

Né dans un petit village de Loire-Atlantique, René-Guy Cadou est très attaché à sa terre natale. Il devient instituteur et rencontre en 1943 Hélène, son inspiratrice, qu'il épousera.

Analyser le texte

Repérer et comprendre

La mise en espace

1 Quelles remarques faites-vous sur la mise en espace ? Quels sont les mètres utilisés ? Le poème comporte-t-il des rimes ?

2 Quelles sont les caractéristiques de la dernière strophe (nombre de vers, rimes, mètres) ?

La situation d'énonciation

3 **a.** Le pronom « je » apparaît-il ? Y a-t-il des indices de la présence du poète ? Justifiez votre réponse.

b. À qui peut s'adresser le vers : « Garde ton beau visage » (v. 19) ?

Le langage poétique

4 Quelle est la tonalité dominante de la première strophe ? Pour répondre :

a. Appuyez-vous sur le premier mot du poème (couleur, symbolique).

b. Analysez l'effet produit par l'absence de verbes et de déterminant au vers 1.

c. Analysez la périphrase* des « ombres qui marchent » (v. 2).

d. Relevez quelques sonorités qui contribuent à cette tonalité.

5 Quelle relation y a-t-il entre la nature, la vie, la mort ? Pour répondre :

a. Relevez dans les deux premières strophes les champs lexicaux qui s'opposent.

b. Expliquez l'association « sang noir coquelicot » (v. 3).

Que symbolise habituellement le coquelicot ? Pourquoi selon vous le verbe « ruisselez » (v. 3) est-il au pluriel ?

c. Analysez la métaphore filée* des vers 8 et 9.
d. Montrez, en citant le texte, que les quatre éléments, terre, mer, eau, feu, sont associés à la guerre.
e. Analysez l'effet produit par les assonances et les allitérations dans la deuxième strophe (par exemple, au vers 8).
6 **a.** Qui désignent les pronoms sujets de la troisième strophe ?
b. À qui sont associés les personnages évoqués ? Appuyez-vous sur les connotations du mot « crucifiés » (v. 12) et sur le sens de « cène » (v. 13).
7 Analysez la progression du poème. En quoi peut-on dire que son mouvement présente un crescendo puis un decrescendo ? Appuyez-vous aussi sur la mise en espace.

La visée

8 **a.** Quel sens donnez-vous au titre ?
b. Quelle est la visée du poème ?

Pour aller plus loin

Écrire

9 Le mot « Europe » a aujourd'hui largement dépassé son sens géographique : il est porteur d'imaginaire mais aussi d'enjeux politiques, économiques et sociaux. Écrivez en prose ou en vers selon votre perception de l'Europe d'aujourd'hui, un texte comportant au moins un passage argumentatif.

Louis ARAGON

La rose et réséda

Celui qui croyait au ciel
Celui qui n'y croyait pas
Tous deux adoraient la belle
Prisonnière des soldats
Lequel montait à l'échelle
Et lequel guettait en bas
Celui qui croyait au ciel
Celui qui n'y croyait pas
Qu'importe comment s'appelle
Cette clarté sur leur pas
Que l'un fût de la chapelle
Et l'autre s'y dérobât
Celui qui croyait au ciel
Celui qui n'y croyait pas
Tous les deux étaient fidèles
Des lèvres du cœur des bras
Et tous les deux disaient qu'elle
Vive et qui vivra verra
Celui qui croyait au ciel
Celui qui n'y croyait pas
Quand les blés sont sous la grêle
Fou qui fait le délicat
Fou qui songe à ses querelles
Au cœur du commun combat
Celui qui croyait au ciel
Celui qui n'y croyait pas
Du haut de la citadelle
La sentinelle tira

Par deux fois et l'un chancelle
L'autre tombe qui mourra
Celui qui croyait au ciel
Celui qui n'y croyait pas
Ils sont en prison. Lequel
A le plus triste grabat
Lequel plus que l'autre gèle
Lequel préfère les rats
Celui qui croyait au ciel
Celui qui n'y croyait pas
Un rebelle est un rebelle
Nos sanglots font un seul glas
Et quand vient l'aube cruelle
Passent de vie à trépas
Celui qui croyait au ciel
Celui qui n'y croyait pas
Répétant le nom de celle
Qu'aucun des deux ne trompa
Et leur sang rouge ruisselle
Même couleur même éclat
Celui qui croyait au ciel
Celui qui n'y croyait pas
Il coule il coule et se mêle
À la terre qu'il aima
Pour qu'à la saison nouvelle
Mûrisse un raisin muscat
Celui qui croyait au ciel
Celui qui n'y croyait pas
L'un court et l'autre a des ailes
De Bretagne ou du Jura
Et framboise ou mirabelle
Le grillon rechantera

Dites flûte ou violoncelle
Le double amour qui brûla
L'alouette et l'hirondelle
La rose et le réséda.

Louis ARAGON, *La Diane française* (1945), éd. Seghers.

Henri Rousseau dit Le Douanier Rousseau (1844-1910), *La Guerre ou la chevauchée de la discorde*, (1894), huile sur toile, 1,14 X 1,95 m, Paris Musée d'Orsay.

Étudier l'œuvre

Louis ARAGON (1897-1982)

Poète du groupe surréaliste* (dont il s'écarte par la suite), Louis Aragon devient militant communiste, puis rencontre Elsa Triolet, sa compagne et son inspiratrice.

Analyser le texte

Repérer et comprendre

La mise en espace

1 **a.** Quel est le mètre utilisé ? Quel est l'effet produit par le rythme ?

b. Combien de rimes ce poème contient-il ? Quelle est leur disposition ?

2 En quoi l'absence de ponctuation permet-elle une liberté de lecture ?

La situation d'énonciation

3 Qui parle au vers 40 ? Quel est le destinataire au vers 61 ?

Le langage poétique

4 **a.** Relevez les vers qui sont régulièrement répétés. Combien de fois le sont-ils ? Quel est l'effet produit ?

b. Relevez quelques parallélismes* qui rythment le poème.

c. Quelle remarque faites-vous sur la construction et sur l'ordre des mots dans les vers 22 à 24, 30 et 35 ?

d. En quoi le poème s'apparente-t-il à une chanson ?

5 **a.** Quels sont les personnages présentés dans les deux premiers vers ?

b. En quoi sont-ils différents ? Pourquoi s'accordent-ils ?

6 Qui est désigné par la périphrase « la belle/Prisonnière des soldats » (v. 3-4), par les pronoms « elle » (v. 17), « celle » (v. 45) ?

7 **a.** Quel est le champ lexical dominant à partir du vers 50 ?

b. Quelle est la valeur du futur (v. 60) associé à ce champ lexical ?

La visée

8 **a.** « Rose » et « réséda » (v. 64), « Bretagne » ou « Jura » (v. 58), « framboise » ou « mirabelle » (v. 59), « flûte » ou « violoncelle » (v. 61) : en quoi ces termes s'opposent-ils ? Pourquoi le poète les rapproche-t-il ?
b. Quelle est la visée de ce poème ?

Pour aller plus loin

Étudier une image

Guernica, Picasso (p. 7)

9 Quel est l'épisode de la guerre d'Espagne qui donne son nom au tableau de Picasso ?

10 Énumérez, plan par plan, les éléments qui constituent ce tableau.

11 Que symbolise d'après vous l'œil-lumière qui domine la scène ?

La Guerre, Le Douanier Rousseau (p. 34-35)

12 Que voit-on au premier plan du tableau ?

13 **a.** Que représente la figure à cheval qui se trouve au centre ?
b. Quelle figure mythologique peut-elle évoquer ?

Comparer

14 Quels sont les points communs entre le tableau de Picasso et celui du Douanier Rousseau ?

Boris VIAN

Le déserteur

Monsieur le Président
Je vous fais une lettre
Que vous lirez peut-être
Si vous avez le temps

Je viens de recevoir
Mes papiers militaires
Pour partir à la guerre
Avant mercredi soir

Monsieur le Président
Je ne veux pas la faire
Je ne suis pas sur terre
Pour tuer des pauvres gens

C'est pas pour vous fâcher
Il faut que je vous dise
Ma décision est prise
Je m'en vais déserter.

Depuis que je suis né
J'ai vu mourir mon père
J'ai vu partir mes frères
Et pleurer mes enfants

Ma mère a tant souffert
Qu'elle est dedans sa tombe
Et se moque des bombes
Et se moque des vers

Quand j'étais prisonnier
On m'a volé ma femme
On m'a volé mon âme
Et tout mon cher passé

Demain de bon matin
Je fermerai ma porte
Au nez des années mortes
J'irai sur les chemins.

Je mendierai ma vie
Sur les routes de France
De Bretagne en Provence
Et je dirai aux gens

Refusez d'obéir
Refusez de la faire
N'allez pas à la guerre
Refusez de partir

S'il faut donner son sang
Allez donner le vôtre
Vous êtes bon apôtre
Monsieur le Président

Si vous me poursuivez
Prévenez vos gendarmes
Que je n'aurai pas d'armes
Et qu'ils pourront tirer

Boris VIAN, *Textes et Chansons* (1975),
édité par Noël Arnaud, éd. Christian Bourgois.

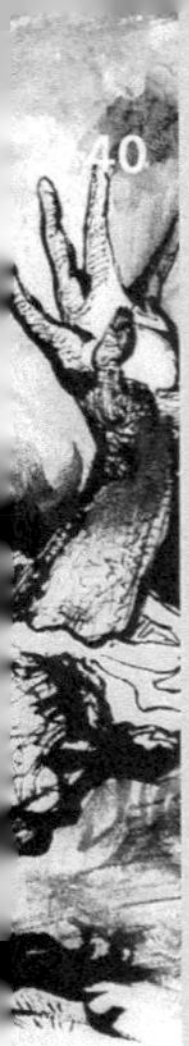

Étudier l'œuvre

Boris VIAN (1920-1959)

Ingénieur, musicien de jazz, chanteur, journaliste, dramaturge, romancier, Boris Vian cultive les jeux de mots, le canular, l'insolite. Tout en s'amusant, il rejette les institutions (armée, Église, école…).

Analyser le texte

Repérer et comprendre

La mise en espace

1 **a.** Quelles remarques faites-vous sur la mise en espace et sur les mètres utilisés ?

b. En quoi le rythme est-il celui d'une chanson ?

La situation d'énonciation

2 Définissez la situation d'énonciation :

a. Qui parle ?

b. Quels sont les différents destinataires ?

c. Quelle remarque faites-vous sur le niveau du langage ?

d. Qui désigne le pronom « on » (v. 26-27) ?

3 **a.** Quelle est la position du poète ? Quels arguments avance-t-il ?

b. En quoi fait-il appel aux sentiments ? Appuyez-vous sur un champ lexical.

La visée

4 Quelle est la visée de ce poème ?

Pour aller plus loin

Écrire

5 Vous répondez sous forme de lettre argumentée à Boris Vian pour lui exprimer votre désaccord.

Enquêter

7 La chanson « Le déserteur » a une histoire : elle a été interdite pendant plusieurs années. Retrouvez cette histoire.

8 Écoutez Mouloudji chanter « Le déserteur » et notez les mots mis en valeur par la musique et par la voix.

Débattre

9 Déserter, est-ce un acte de courage ou de lâcheté selon vous ? Vous exposerez votre point de vue lors d'un débat en classe.

10 Organisez en classe le procès du déserteur de Boris Vian. Les élèves de la classe devront se répartir en accusé, juges, avocats, procureur, et témoins à charge ou à décharge.

Allitération

L'allitération est la répétition d'un même son consonantique dans une suite de mots. L'association du sens des mots et des sonorités contribue à produire un effet.
Exemple : « Aime l'effort, l'espoir, l'orgueil, l'amour… » (Anna de Noailles, *Le temps de vivre*)
Allitérations en [l] et [r] : le [r] contribue à exprimer la difficulté qu'il y a à vivre ses sentiments, les souffrances qui peuvent les accompagner, la peine, alors que le [l] évoque plutôt l'envol, le dépassement de soi qu'impliquent ces mêmes sentiments.

Anaphore

On appelle anaphore la répétition d'un même mot ou d'une même construction en début de vers, de phrases ou de membres de phrases.

Antithèse

L'antithèse associe deux termes qui désignent des réalités que l'on considère opposées (la vie et la mort, l'ombre et la lumière…).

Assonance

L'assonance est la répétition du même son vocalique. L'association du sens et des sonorités contribue à produire un effet.
Exemple : « Ainsi, toujours poussés vers de nouveaux rivages,
Dans la nuit éternelle emportée sans retour… » (Lamartine, *Le Lac*)
Assonances en [e], [u] et [i] : ces sonorités douces et étouffées contribuent ici à l'expression de la lamentation du poète devant la fuite du temps.

Calligramme

Le calligramme est un poème dont la disposition typographique forme un dessin en rapport avec le sujet même du poème. Apollinaire, dans le recueil intitulé *Calligrammes*, exploite largement cette forme, qui réunit le dessin et les mots : elle constitue pour lui une tentative de réaliser une œuvre d'art complète.

Métaphore filée

Une métaphore filée est une métaphore qui se développe sur une ou plusieurs phrases.

Métonymie

La métonymie est une figure de style qui consiste à désigner une réalité par un terme désignant un autre objet, en vertu d'une relation logique.
Exemple : « une voile » pour un bateau à voiles (le tout par la partie) ; « boire une tasse de café » (le contenu par le contenant).

Parallélisme

Le parallélisme est une figure de style qui consiste dans l'emploi répété d'une construction symétrique. *Exemple* : « Je t'aime pour toutes les femmes que je n'ai pas connues / Je t'aime pour tous les temps où je n'ai pas vécu ».

Périphrase

La périphrase consiste à remplacer un terme par une expression de même sens.

Surréalisme

En 1924, un mouvement poétique, qui s'étendra à tous les arts, se constitue à l'initiative des poètes André Breton et Philippe Soupault. Son ambition est de libérer les artistes des contraintes imposées par le goût et la raison. La poésie sera désormais une plongée dans l'inconscient dont elle transcrira les messages les plus insolites et les plus imagés. Les surréalistes exaltent l'amour fou, qui leur permet d'accéder à une réalité plus profonde, source de création poétique.

Symbole

Le symbole est la représentation d'une réalité par une autre, en s'appuyant sur des analogies (effets de ressemblance).

Tonalité épique

L'épopée est un genre poétique qui remonte à l'Antiquité. Elle présente le récit en vers des exploits guerriers d'un héros légendaire ou historique. Les grandes épopées sont par exemple l'*Iliade* et l'*Odyssée* du poète grec Homère, l'*Énéide* du poète latin Virgile, ou encore *La Chanson de Roland* (chanson de geste anonyme du XIe siècle). L'épopée transfigure la réalité pour l'amplifier et fait souvent intervenir des forces supérieures étrangères au genre humain. On y trouve des figures de style telles que l'hyperbole (exagération dans les termes et dans le ton), l'accumulation, la personnification (de la nature, des objets, des éléments…).

Visée

Un poème, comme tout autre énoncé, exprime un message : il a une visée. La visée peut être d'émouvoir, de dénoncer, de célébrer, d'exprimer un sentiment, une conviction…

Table des illustrations

7 ph © Akg-images © Succession Picasso, 2008

9 ph © Philipp Bernard/RMN

15 ph © Giraudon/The Bridgeman Art Library

17 © Éditions GALLIMARD

21 ph © Béatrice Hatala/RMN © Succession Picasso, 2008

25 ph © Georges Meguerditchian/CNAC/MNAM, Dist. RMN

33 ph © Archives Hatier

34-35 ph © DR/RMN

et 10, 11, 14, 15d, 16, 18, 19, 22, 26, 27, 29, 30, 36, 37, 40, 41 (détail) ph © Archives Hatier

Iconographie : Hatier Illustration/Christine Charier

Graphisme : Mecano-Laurent Batard/Graphisme

Mise en page : Graphisme

Achevé d'imprimer en France par la Nouvelle Imprimerie Laballery
Dépôt légal : 93280-9/04 – Janvier 2016 – N° d'impression : 512002